작업치료, 이럴 땐 이렇게

작업치료, 이럴 땐 이렇게

발 행 | 2021년 3월 1일
저 자 | 김재욱
펴낸이 | 한건희
펴낸곳 | 주식회사 부크크
출판사등록 | 2014.07.15.(제2014-16호)
주 소 | 서울특별시 금천구 가산디지털1로 119 SK트윈타워 A동 305호
전 화 | 1670-8316
이메일 | info@bookk.co.kr

ISBN | 979-11-372-3657-8

www.bookk.co.kr

작업치료,
이럴 땐
이렇게

작업치료사에게 필요한 16가지 이야기

작업치료사로서 무엇을 배워야 하는가 치료하면서 뭔가 불편하다면 상태가 좋지 않은 클라이언트를 만났을 때 모르면 그만일까 치료 환경이 따라주지 않아요 뭐라고 말해야 할지 모르겠어요 클라이언트가 이랬다저랬다 해서 화가 날 때 치료가 어렵게 느껴지는 이유 치료에 미숙해서 클라이언트의 눈치가 보인다면 무리한 요구를 하는 클라이언트에게 동감입니다 골든타임의 속박 작업치료사의 권태기 치료에 이래라저래라 참견하는 이들 대처법 늘 걱정이 앞서는 클라이언트를 위하여 치료를 잘하고 있는 걸까 작업치료가 전부인 듯 살고 있는 당신에게

김재욱 지음

작업치료사로서 무엇을 배워야 하는가

제게 작업치료는 매력적인 분야입니다. 알면 알수록 알아야 할 것과 알고 싶은 것이 끊임없이 생겨나기 때문입니다.

'이 정도면 되겠지' 하는 생각이 드는 순간 여지없이 '아직 멀었군' 하는 생각이 들게 하는 분야입니다. 배움과 성장에 끝이 없다는 것, 한계가 없다는 것이 작업치료를 매력적으로 느끼게 만드는 주된 요소가 아닐까 생각합니다.

작업치료를 하면서 많은 기쁨과 즐거움을 맛보게 됩니다. 새로운 배움과 깨달음을 얻는 과정이 녹록지 않지만, 역설적으로 그렇기 때문에 더 가치 있고 의미 있게 느껴집니다.

학교에서 작업치료를 공부할 때는 왜 느끼지 못했을까 하는 궁금증이 생깁니다. 솔직히 말해서 학교에서 작업치료를 공부할 때는 별다른 감흥이 없었습니다. 공부하면서 얻게 된 배움도 특별하거나 의미 있게 느껴지지 않았습니다.

그때는 몰랐는데 현장에서 직접 작업치료를 해 보니 그 이유가 무엇이었는지 알게 되었습니다.

여러 이유가 있지만 한 가지만 꼽자면, 작업치료사로서 제가 무엇을 배워야 하는지 모르는 상태로 공부를 했다는 것입니다. 다시 말해 당시 공부해야 하는 것을 왜 배워야 하는지, 그것이 언제 어디에 어떻게 쓰일지, 그것이 무슨 도움이 될지 알지 못한 채, 단지 교과 과정에 포함된 것이고 성적을 얻고 면허를 따야 하기 때문에 공부를 했었던 것입니다. 그렇게 하게 되어 있고 다들 그렇게 하니까 했던 공부였습니다.

물론 학교나 선생님을 탓하는 것은 아닙니다. 누구도 제가 작업치료사로서 무엇을 배워야 하는지는 알려줄 수 없기 때문입니다. 그것을 발견하는 과정은 온전히 저의 몫이고 작업치료사로서 성장하기 위해 충실히 통과해야 하는 저만의 여정이라는 것을 알고 있습니다.

학교에서의 공부가 작업치료를 하는 데 기본이 되고 작업치료사가 되는 데 필수적이고 보편적인 성격을 띠는 지식을 쌓는 과정이라고 한다면, 작업치료 현장에서의 공부는 자기가 직접 겪고 부딪힐 때만 알 수 있는 개별적인 특수성의 성격을 띠는 배움이자 실제 그 배움을 얻는 과정이라 할 수 있겠습니다. 학교 공부가 다수를 위한 것이라면 현장 공부는 철저히 나라는 개인에 맞춰진 것인 셈입니다.

직접 작업치료를 해나가는 과정에서 깨닫게 되는 저 자신의 무지, 무능, 부족함, 어리석음 등은 작업치료사로서의 발전과 성장에 관한 저만의 문제에 그치는 것이 아니라 클라이언트에게도 중대한 영향을 미치는 문제가 됩니다. 그렇기 때문에 더더욱 작업치료사로서 제가 배워야 하는 것을 발견하고 그것을 공부하는 데 소홀할 수가 없습니다.

돌이켜 보니 제가 작업치료사로서 클라이언트를 만나고 작업치료를 하면서 배워왔던 것은 뭔가 거창하고 복잡한 것이 아니었습니다. 저 자신과의 관계, 다른 사람과의 관계, 삶을 살아가는 것과 연관된 단순하고 명확한 진리였습니다.

그것은 저 자신과의 관계, 다른 사람과의 관계, 삶에서뿐만 아니라 작업치료에서도 통용되는, 작업치료를 하면서 맞

붙어야 하는 문제, 고민, 어려움을 해결하는 데 핵심이 되는 원리라고 부를 만한 것이었습니다.

이 책이 제게 필요했던 배움이 필요한 다른 작업치료사에게도 도움이 되었으면 좋겠습니다.

2021년 3월
김재욱

차례

치료하면서
뭔가 불편하다면

A와의 치료를 앞두고 마음이 편치 않았다. 치료 때마다 불편하고 어색해서 숨이 막혔다. 오늘도 마찬가지겠지, 걱정이 앞섰다. 시작도 안 했는데 어서 치료가 끝나기만 바랐다.

걱정은 현실이 되었다. A는 치료에 시큰둥했고 나는 식은 땀을 흘렸다. 치료 시간 내내 불편하고 어색했다. 눈길이 자꾸 시계로 향했다. 야속하게도 시간은 참 더디게 흘렀다.

마침내 A와의 치료가 끝났다. '휴' 안도의 숨을 내쉬며 속으로 외쳤다. '해방이다!' 마음에 평화가 찾아왔다. 하루 일과를 모두 마친 듯 후련하고 홀가분했다. 그러나 계속 이럴 수는 없는 노릇이었다. 뭔가 해결책이 필요했다. 이 상황을 바꿀 수 있는 뭔가.

곰곰이 생각해 보니, 단지 치료 때 불편함이나 어색함을 느껴서 괴로운 것은 아니었다. 나는 A에게 도움이 되는 사람이고 싶었다. A가 원하고 필요로 하는 일—작업치료에서 작업이라고 말하는—을, A가 목적하고 의미를 두는 대로 할 수 있도록 돕고 싶었다. 내가 A에게 도움이 되는 사람이고 A가 원하고 필요로 하는 일을 할 수 있게 돕고 있다는 확신이 들지 않아서 괴로운 것이었다. 이것이 진짜 이유였다.

고심 끝에 나는 A에게 직접 물어보기로 했다.

"지금 치료가 A 님에게 도움이 되고 있나요? 지금 치료가 만족스러우신가요? 솔직하게 말씀해주셔도 괜찮습니다. 저는 A 님에게 정말 필요하고 도움이 되는 치료를 함께하고 싶습니다."

A는 말없이 나를 쳐다보았다. 대답하기가 쉽지 않으리라. 나는 기다렸다. A는 주저하다가 어렵게 입을 뗐다.

"지금 하는 게 도움이 되는 부분도 있겠지만, 지금 제게 가장 필요한 건 이게 아니에요."

A는 치료에 관해 마음에 담아둔 이야기를 털어놓았다. 나는 잠자코 A의 이야기를 들었다. 서로 솔직하게 이야기를 나눈 덕분에, 나는 내 생각과 달랐던 부분이 무엇이었는지, A가 치료에서 가장 원했던 것이 무엇이었는지 더 명확하게 알게 되었다. A가 잘못 알고 있는 부분을 알게 되었고 바로 잡을 수 있는 기회도 얻었다. A는 자신이 오해했다며 미안해했다.

이후 치료에 필요한 변화를 주었다. A와 소통하는 것이 점차 편안해졌고 관계도 나아졌다. A와의 치료 때마다 느끼던 불편함이나 어색함도 사라졌다. 더는 치료를 앞두고 긴장하거나 걱정하는 일도 없었다. 치료의 보람과 재미도 찾게 되었다. 그러면서 치료에 더욱더 정성을 쏟고 최선을 다하게 되는 선순환이 일어났다.

'클라이언트에게 정말 도움이 되는 치료인지 확신할 수 없어서 치료가 불편하게 느껴진다면 클라이언트에게 직접 물어보면 된다. 진심을 전하고 서로 솔직하게 소통하는 것이 최선의 해결책이다.'

A와의 치료에서 얻은 교훈이다.

클라이언트가 정말 하고 싶어 하고 필요로 하는 일을 한다면, 그럴 수 있게 돕고 있다면 불편할 일이 없다. 거리낄 게 없다. 클라이언트가 원하는 일을 할 수 있게 도와주니 클라이언트와의 관계도 좋지 않을 수 없다. 편안하게 느껴질 것이다. 치료가 순조롭게 이루어지고 있다고 느끼게 될 것이다. 치료에서 보람과 재미를 느끼게 될 것이다.

만약 뭔가 불편하다면 지금 치료 때 하는 일이 클라이언트가 정말 하고 싶어 하는 것인지, 필요로 하는 것인지 의심스럽기 때문일 것이다. 스스로 그런 치료라는 확신이 들지 않기 때문일 것이다. 클라이언트가 치료를 거부하지는 않지만 느껴지는 뭔가가 자꾸 그런 의심을 부추기기 때문일 것이다. 치료를 제대로 하고 있는 것인지, 클라이언트의 작업이 맞는지, 이걸 계속해야 하는지 자기 자신조차도 확신할 수 없기 때문일 것이다. 그런 것들이 불편함을 유발한다.

허심탄회하게 클라이언트에게 물어보라. 정말 원하는 게 맞는지, 진짜 하고 싶은 일인지, 꼭 필요한 것인지, 의미가 있는지 묻고 클라이언트의 솔직한 대답을 들어보라. 클라이언트의 대답에 따라 치료에 변화를 주라.

마음의 소리에 귀를 기울여라. 이상 신호를 감지하라. 그리고 신속하게 대응하라.

그게 불편함을 애써 외면하거나 괴로운 시간을 견디는 것보다 현명하다. 물론 당장 해결할 수 없는 문제가 있을 수도 있다. 하지만 문제가 무엇인지 정확히 알았다면 계속해서 해결책을 강구할 수 있다. 적어도 해결하기 위한 가치 있는 노력을 기울일 수 있다. 모르는 것보다 아는 것이 낫다.

불편함으로부터 등을 돌리지 마라. 불편한 느낌을 기꺼이 받아들여라. 문제를 규명하고 해결책을 찾아라. 그것에 관해 클라이언트와 대화하라. 솔직하게 말하라. 그리고 클라이언트의 도움과 협조를 구하라.

작업치료는 작업치료사 혼자서 할 수 있는 일이 아니다. 클라이언트가 원하고 필요로 하는 것—작업과 수행에 관한 것—을 클라이언트를 통하지 않고서 어떻게 알 수 있겠는가. 클라이언트에게 묻고 듣고 확인하라.

당신의 치료가 한결 편안해지길.

상태가 좋지 않은
클라이언트를 만났을 때

클라이언트의 상태만 보고 치료가 쉬울지 어려울지 속단하거나 걱정하지 말라.

대신 상태가 좋지 않은 클라이언트일수록 더 간절히 도움을 원한다는 사실을 기억하라.

달리 말하면, 그들이야말로 자신에게 필요한 도움을 주는 치료사에게 진심으로 고마워할 줄 아는 사람이라는 뜻이다.

B는 두 달 동안 중환자실에 있었다. 재활치료를 시작할 즈음 신체 마비와 통증으로 우울하고 힘든 나날을 보내고 있었다.

의사는 가만히 누워 있는 것 외에 아무것도 할 수 없던 B에게 앞으로 걷기는 힘들 것이라고 했다. B는 다시 일어나 걷기를 희망했기에 절망했다. 그리고 두려웠다. 의사의 말이 현실이 될까 봐.

그대로 포기할 수는 없었다. 아니, 포기하고 싶지 않았다. B는 내게 자신의 희망을 시험해 보고 싶다고 말했다. B의 절박한 심정이 그대로 느껴졌다. 나는 기꺼이 그 시험에 함께하기로 했다.

B는 온갖 노력 끝에 혼자 앉고 서고 걷기 위한 첫발을 떼기까지 나를 믿고 의지했다. 나는 B에게 필요한 존재였고 그 사실이 기뻤다.

퇴원 날 B가 말했다.

"다시 사람답게 살 수 있게 해 주셔서 고맙습니다."

인사치레가 아니었다. 진심이 담긴 말이었다. 지금도 B는 나를 만날 때마다 같은 말로 내게 고마운 마음을 전한다.

C도 마찬가지다. C는 뇌염으로 생사를 오가던 끝에 살았

지만 전신이 마비되었다.

C는 몸을 다시 움직이기 위해 노력했다. C가 거동할 수 없었기 때문에 치료 시간이면 나는 C의 병실로 찾아가 그 노력에 힘을 보탰다. C는 내 손길에 따라 마비된 신체를 움직이기 위해 온 힘을 기울였다.

치료를 마치고 나면 C는 매번 이렇게 말했다.

"절 도와주셔서 감사합니다. 오늘도 정말 수고 많으셨어요. 매일 최선을 다해 도와주시는 선생님이 계시기 때문에 포기하지 않고 끝까지 해 볼 수 있을 것 같습니다."

모든 클라이언트가 치료사에게 진심 어린 감사와 신뢰를 표하는 것은 아니다. 치료사의 도움을 당연하게 여기는 클라이언트가 생각보다 많다.

내 경험에 비춰보면 상태가 좋지 않았던 클라이언트는 예외였다. 그들에게서는 언제나 과분할 정도의 감사와 신뢰를 받았다. 치료 결과에 상관없이 그들에게 필요한 사람이 되기 위해 노력했다는 사실만으로도 말이다.

누군가에게 필요한 사람이 될 수 있다는 것은 축복이라고 생각한다. 하고 싶은 작업치료를 하면서 그러한 축복까지 누릴 수 있다는 사실에 나는 늘 감사한다.

몸 상태가 좋지 않은 클라이언트를 만났다고 해서 치료에 대해 걱정하거나 불안에 떠는 일도 없다. 쓸데없이 걱정하거나 불안해하기보다는 클라이언트에게 필요한 사람이 되기 위한 일에 오로지 마음을 쏟기 때문이다. 그 일에 전념하다 보면 걱정하거나 불안에 떨 겨를이 없다.

그러면 된다는 것을 그동안 만난 클라이언트에게서 배웠다. 믿어도 된다. 클라이언트는 작업치료사가 배워야 할 것을 가장 잘 가르쳐 주는 스승이니까.

걱정하고 불안해할 것 없다. 대신 어떻게 하면 클라이언트에게 필요한 사람이 될 수 있을지 연구하고 그런 사람이 되기 위한 일에 전념하라. 그것이면 충분하다.

모르면 그만일까

자신이 정말 무엇을 원하는지 모르는 클라이언트가 있다. 그런 클라이언트에게 원하는 것을 물으면 모르겠다고 하거나 딱히 원하는 것이 없다고 한다. 무엇을 원한다고 대답은 하지만 막상 그것에 관해 치료하면 시큰둥하거나 남의 일을 하듯 하는 클라이언트도 있다. 자기 입으로 원하는 것을 이야기했지만 사실 진짜로 원하는 것이 아닐 때 그런 모습을 보인다.

그 이유도 같다. 자기가 무엇을 원하는지 모르기 때문이다. 자기가 무엇을 원하는지 모르기 때문에 주변 사람들이 요구하는 것, 해야 한다고 하는 것, 자신과 같은 처지에 있는 다른 사람들이 하고 있는 것을 자기가 원하는 것으로 착각하고 말한다. 마치 부모가 기대하는 바를 자신의 꿈이라고 말하는 어린아이처럼, 남들이 하니까 나도 해야 할 것 같아서 그 일을 하려는 사람들처럼 말이다.

모르면 그만이 아니다. 자신이 정확히 무엇을 원하는지 모르면 예상치 못한 손해를 감수해야 한다. 모르는 것은 요구할 수도 얻을 수도 없기 때문이다.

자신의 욕구에 무지한 사람은 자기 작업이 무엇인지 모른다. 작업에 관한 문제나 어려움이 무엇인지도 모른다. 작업이 아예 없거나 작업에 관한 문제나 어려움이 없다는 뜻이 아니다. 있어도 그것이 무엇인지 모르기 때문에 없다고 여기게 된다는 것이다.

작업치료가 필요하지만 어떤 작업치료가 필요한지 알지 못한다. 작업치료사와 작업치료에 필요한 의사소통, 상호작용, 의사결정도 적절하게 할 수 없다. 작업치료사에게 자신이 해야 할 선택과 결정을 맡기게 된다. 전문가이니까 당연히 자기보다 잘 알 거라고 착각하면서 말이다.

그런 이유로 작업치료사가 알아서 해 주었는데 그것이 클라이언트의 마음에 들지 않을 때도 문제다. 클라이언트가 무엇을 원하는지 모르는 상태에서 작업치료를 해야 하는 치료사나 마음에 들지 않는 치료를 받아야 하는 클라이언트나 곤욕스럽기는 마찬가지다.

자기가 진정 무엇을 원하는지 모른다는 것은 자신의 욕구가 무엇인지 모른다는 말과 같다. 자기 욕구가 무엇인지 모르니 그에 따른 자신의 느낌, 생각, 행동을 이해하지 못하게 된다. 즉 자신이 느끼고 생각하고 행동하는 것이 어떤 욕구에서 비롯된 것인지 모른다. 다른 사람이 바라는 것을 자기가 원하는 것이라고 착각하게 된다.

자신이 원하는 바를 상대에게 정확하게 전달하거나 표현할 수도 없다. 설령 자기 욕구를 깨닫게 되어도 그것을 상대에게 전달하거나 표현해 본 적이 없기 때문에 원하는 것을 잘못 요구하는 일이 생긴다.

결국 자신의 작업이 아닌 남의 작업을 수행하게 되고, 자신을 위한 시간이 아닌 남을 위한 시간을 살게 된다. 자기 욕구에 무지하거나 그런 상태에 머물면 자신의 삶이 아닌 다른 사람의 삶을 사는 결과가 따른다.

이것이 자기 욕구에 무지한 클라이언트, 그것을 대수롭지 않게 여기는 클라이언트, 자신의 진정한 욕구가 무엇인지 알려는 시도조차 하지 않는 클라이언트에게 자기 욕구를 인식하고 탐구할 기회가 필요한 이유다.

자기 욕구를 인식하고 탐구하는 데 무슨 거창한 방법이나 특별한 기술이 필요한 것은 아니다. 단지 자신의 느낌, 생각, 행동의 근원이 무엇인지. 왜 그렇게 느끼고 생각하고 행동하게 되는지, 그래서 무엇을 원하고 어떻게 했으면 좋겠는지 스스로에게 묻고 답해 보면 된다.

나는 가급적 물을 안 마시려고 해.

왜 물을 안 마시려고 해?

되도록 화장실에 가지 않으려고 하기 때문이야.

왜 화장실에 가지 않으려는 거지?

화장실에 가야 하는 게 불안하고 수치스럽거든.

불안하고 수치스러운 이유가 뭐야?

자주 화장실에 가야 할까 봐 불안해. 화장실에 가면 남

앞에서 용변을 봐야 하니까. 남이 바지를 내리고 올려주고 뒤를 닦아준다는 게 나에게는 무척 수치스러운 일이거든.

어떻게 해야 불안하거나 수치스럽지 않을 수 있을까?

화장실에 가고 싶을 때 내 힘으로 가서 용변을 볼 수 있으면 좋겠어.

그러려면 뭐가 제일 필요한 것 같아?

지팡이를 짚고서라도 혼자 걸을 수 있어야겠지.

왜 그렇게 생각해?

혼자 걸을 수만 있으면 화장실에 가고 싶을 때 언제든 내 힘으로 갈 수 있을 테니까 더는 불안해할 필요가 없지.

그렇구나. 용변을 보는 데 필요한 다른 일들은, 가령 바지를 올리고 내리는 거나 뒤처리는 어떻게 할 생각이야?

혼자 걸어서 화장실 갈 정도가 되면 그런 것들도 충분히 해낼 수 있을 것 같은데. 그럼 수치심을 느낄 일도 없겠지.

그럴 수도 있겠지. 그렇지만 그런 것도 미리 연습을 해 두는 게 더 확실하지 않을까?

그건 일단 걸어서 화장실에 다녀오는 것부터 해결하고 나서 필요하면 그때 연습해도 될 것 같아.

위의 문답을 보면 예로 든 행동과 감정이 모두 자립의 욕구에서 비롯된 것임을 알 수 있다. 욕구 충족을 위해서 무엇을 원하는지, 당장 원하는 것은 아니지만 추후 무엇이 필요한지도 알 수 있다. 자기 자신과 대화를 나누며 행동과 감정의 근원을 탐구해 보면 자신이 무엇을 원하고 필요로 하는지 알 수 있다. 자기 욕구에 무지한 클라이언트가 자신과 대화하는 법을 배우고 훈련해야 하는 이유다.

클라이언트가 이를 어려워한다면 작업치료사인 당신이 물어봐 주면 된다. 클라이언트가 자신의 감정, 생각, 행동의 근원을 의식하고 이해하는 데 도움이 될 질문을 하라. 몸과 마음이 어떤 욕구의 메시지를 보내고 있는지, 그래서 진정 무엇을 원하고 필요로 하는지 생각하고 표현해 볼 수 있도록 기회를 마련해 주어라. 그 기회를 통해 클라이언트는 자신의 욕구에 눈을 뜨게 될 뿐만 아니라 그것을 상대에게 표현하고 전달하는 방법을 배우고 훈련할 수 있게 될 것이다.

치료 환경이 따라주지 않아요

치료 환경에 관한 문제를 지금 당장 해결할 수 있는가?

그렇지 않다면 치료 환경을 바꾸는 것에 대한 고민은 차후로 미뤄두는 편이 낫다. 당장 해결할 수 없는 문제에 매달리는 것은 생산적이지도 않고 괴로움만 자초하게 될 뿐이니까.

내가 원하는 대로 다 되지 않는 게 세상일이다. 치료 환경에 대해서도 마찬가지다. 이 사실을 받아들이지 못하면 치료하면서 환경이 따라주지 못한다고 느낄 때마다 괴로워진다.

작업치료를 하려면 기본적으로 사람, 과제, 환경을 고려해야 한다. 사람, 과제, 환경에 관한 각각의 맥락이 맞아떨어지는 지점에서부터 작업치료가 가능해지기 때문이다.

작업치료를 할 때 이 세 가지 중 환경이 따라주지 못한다면 사람과 과제를 중심으로 해결책을 찾아볼 필요가 있다.

당장 환경을 바꿀 수 없다면 작업치료의 주체가 되는 사람이 환경을 이해하고 그 환경에 부합하는 과제를 선택할 수 있도록 돕기를 권한다.

주어진 환경에서 할 수 있는 작업치료에 관해 클라이언트와 이야기를 나눠보자. 치료 환경이 어떠한지 클라이언트에게 알려주고 지금 환경에서 가능한 작업에 관한 치료를 선택하도록 돕자.

지금 있는 곳을 당장 떠나거나 바꿀 수 없다면 현재 치료 환경이 못마땅하더라도 지금 있는 곳에서 클라이언트를 만나고 작업치료를 해야 하기 마련이다.

그렇다면 당장 할 수 없는 일에 매달려서 괴로움을 자초하기보다는 당장 할 수 있는 일에 힘을 쏟는 편이 더 생산적이고 현명한 일이 아닐까 싶다.

한발 더 나아가 어떠한 환경에서도 작업치료를 할 수 있도록 훈련한다고 생각해 보자. 환경이 따라주지 않아서 작업치료를 못하겠다가 아니라 이러한 환경에서도 나는 작업치료를 할 수 있다가 될 수 있게 말이다.

외적인 조건과 상황에 따라 치료가 잘되기도 하고 잘 안되기도 한다는 것은 결국 환경이 치료의 성패를 좌우한다는 이야기와 다를 바가 없다. 즉 환경이 따라주지 않으면 무슨 수를 써도 치료가 잘될 수 없고 환경이 따라주기만 하면 다른 것은 어떻든 간에 치료가 잘될 수밖에 없다는 식의 이야기라는 것이다.

극단적으로 말했지만 이러한 환경 결정론 식의 관점에 지배되지 않기를 바란다. 당신 마음대로 환경을 바꿀 수는 없겠지만 환경을 바라보는 당신의 관점은 마음만 먹는다면 얼마든지 바꿀 수 있으니까.

당장 그만두고 다른 곳으로 가거나 아예 다른 일을 할 게 아니라면 관점을 바꿔서 지금 환경에서 더 나은 치료를 하기 위해 힘쓰라. 사람과 과제에서 환경 제약의 돌파구를 찾아보라. 어떠한 환경에서도 최선의 작업치료를 할 수 있는 작업치료사가 되어라. 환경을 극복하고 지배하라.

뭐라고 말해야 할지 모르겠어요

D는 화장실에서 혼자 용변을 볼 수 있기를 원했다.

D가 말했다.

"선생님, 이건 제게 생존이 걸린 문제예요. 저한테는 정말 절박한 문제라고요. 무슨 일이 있어도 이번 주말까지 꼭 할 수 있어야 해요. 꼭! 아시겠죠?"

전에도 수차례 같은 이야기를 했다.

D는 흉추 신경이 손상되어 젖꼭지 아래의 근육들을 쓰지 못했다. 등을 기대지 않거나 양손으로 바닥을 짚고 몸을 지탱하지 않으면 앉은 자세를 유지할 수 없었다. 양팔로 몸을

지탱하며 엉덩이를 들라치면 그대로 앞으로 고꾸라졌다.

화장실에서 용변을 보는 데 필요한 동작을 혼자서 안전하게 수행하기에는 아직 신체적 능력이 턱없이 부족했다. 신체적 능력이 나아지더라도—불완전 손상이기 때문에 앞으로 더 회복되리라 기대할 수 있기는 해도—많은 연습과 반복이 필요할 터였다.

그런데 이번 주말까지라니, 오늘이 벌써 수요일이다.

D의 담당 작업치료사는 생각했다.

'아직 무리다. 아니, 불가능하다.'

이런 생각을 입 밖에 낼 수는 없었다. D가 실망하고 좌절하게 될 것이 뻔했으므로.

담당 작업치료사는 D에게 다시 한번 시간을 두고 차근차근 필요한 단계를 밟아나가야 한다는 사실을 이해시키려고 노력했다. 지금으로서는 그게 최선이라고 생각했다.

"전에도 말씀드렸듯이 D 님이 화장실에서 혼자 용변을

보기 위해서는 우선 팔과 몸통을 조절할 수 있는 능력과 힘이 필요한데 아직 부족하기 때문에 그 능력과 힘을 더 키워야 해요. 그러면서 회복 수준에 맞춰 용변을 보는 데 필요한 동작을 배우고 연습해 나가야 하고요. 시간이 필요한 일이에요."

"치료 시작한 지 아직 한 달도 채 되지 않았잖아요. 남은 두 달 동안 열심히 하면 할 수 있게 될 거예요. 조급해하지 마시고 당장 해야 하는 것부터 차근차근 저와 같이 해나가시면 좋겠어요. 아셨죠?"

"지금까지 잘 해오셨잖아요? 처음보다 많이 좋아지셨고 앞으로도 더 좋아질 거예요. 마음을 편히 가지시고 지금까지 했던 것처럼 하시면 돼요."

이런저런 이야기로 D를 이해시켜 보려 했지만 역부족이었다. D는 자신의 참담한 심경을 토로하며 주말까지 꼭 돼야 한다는 말을 반복할 뿐이었다.

고민 끝에 D의 담당 치료사는 내게 조언을 구했다.

"선생님, D를 어떻게 이해시켜야 할까요? D의 얘기를 들을 때마다 뭐라고 해야 할지 모르겠어요."

D가 자신의 상태와 상황을 모르고 있을까. 담당 치료사가 하는 말을 정말 이해하지 못해서 같은 말을 반복하는 것일까. 자신의 상태와 상황을 매일 직접 경험하게 되는 데도 말이다. 모르거나 이해하지 못해서가 아니라 인정하고 싶지 않아서가 아닐까. 문제는 이해의 문제가 아닌 것을 이해시키는 것으로 해결하려는 데 있다.

이해의 문제가 아니다. 감정의 문제다. 현재 자신의 상태와 상황을 경험하고 아는 데서 생기는 부정, 우울, 불안, 불만족, 근심과 같은 감정의 문제인 것이다. 따라서 D에게 상태와 상황을 이해시키기 위한 설명이나 설득이 통할 리 없다. 오히려 감정의 문제를 키울 뿐이다.

우리는 흔히 클라이언트가 우리에게 걱정거리를 털어놓으면 그 문제를 해결해 달라고 부탁한 것이라 단정하곤 한다. 당장 합리적으로 문제를 분석하여 해결책을 제시해야 한다는 사명감(?)에 쉽게 사로잡히는 이유다.

그래야 할 때도 있지만 항상 그런 것은 아니다. 걱정거리를 털어놓는 클라이언트가 우리에게 늘 '훌륭한 해결책'을 바라는 것은 아니기 때문이다. 특히 자신의 상태와 상황을 알지만 인정하고 싶지 않은 클라이언트라면 더더욱 그렇다.

그때는 설명하거나 설득하려 하지 말고 시간을 내서 클라이언트의 말을 조용히 들어주어라. 걱정거리나 고민, 감정이나 욕구를 언어로 표현하고 모두 쏟아버리게 도와라.

자신이 지금 얼마나 힘들고 걱정스러운지, 슬프고 괴로운지 말로 표현할 수 있다면, 자기가 한 말로 어떠한 판단도 받지 않고 죄의식을 느끼지 않아도 된다면, 상대가 자신을 있는 그대로 받아들여준다면, 마음속에 쌓인 감정과 욕구를 겉으로 꺼내놓는 것만으로도 마음이 진정되고 그 과정에서 위로와 힘을 얻게 될 것이다. 그렇게 힘든 시기를 잘 넘기고 나면 스스로 해결책을 찾아내기도 한다.

뭐라고 말해야 할지 모를 때는 말해야 한다는 강박을 떨쳐내고 클라이언트의 말을 조용히 들어주며 공감하고 이해하는 편을 선택하라.

굳이 말해야겠다면 이렇게 하라.

"나한테는 생존이 걸린 문제예요."

"네, 맞아요. 생존이 걸린 문제죠."

"무슨 일이 있어도 이번 주말까지 꼭 할 수 있어야 해요."
"네, 알겠습니다. 그렇게 되도록 최선을 다하겠습니다."

좀 더 필요하다면 이런 정도로 끝내라.

"하고 싶은 말씀이 있으시면 다 하세요. 제가 들어드리겠습니다."

"해내실 수 있도록 제가 곁에서 돕겠습니다."

여기에 진심이 담긴 눈빛, 따뜻한 목소리, 응원과 격려의 손길, 귀 기울이는 자세를 더하라.

뭐라고 말해야 할지 모를 때 다음과 같이 질문해 보자.

지금 클라이언트에게 필요한 사람이 논리적인 해결책을 제시하는 박식한 달변가일까? 자기 말을 들어주고 자신의 처지를 이해해주는, 자신의 심정을 공감해주는 사람이 필요한 게 아닐까?

그렇다는 생각이 든다면 클라이언트에게 더 많은 말을 쏟아내려는 것을 멈추고 클라이언트가 어떤 말을 하는지, 어떤 말을 하고 싶어 하는지 들어보자. 클라이언트의 생각과 감정과 욕구를 따라가 보자. 클라이언트가 느끼는 그대로 느껴보려고 하자.

이해시키려 하지 말고 이해해 보자. 입을 닫고 귀를 열자. 머리보다 가슴을 써보자. 이해시키려는 순간 귀가 아닌 입을 열게 된다. 가슴보다 머리를 쓰게 된다. 클라이언트가 듣고 싶어 하는 말이 아닌 내가 하고 싶은 말만 늘어놓게 된다. 내 생각과 경험으로 클라이언트를 판단하고 설득하려 하게 된다.

침묵하라. 입을 닫고 귀를 열어라. 머리보다 가슴을 쓰라. 클라이언트가 말하게 하라. 듣고 이해하고 공감하라.

그런 사람이 되어주어라.

클라이언트가 이랬다저랬다 해서
화가 날 때

왜 화가 날까?

이유는 간단하다. 이랬다저랬다 하면 안 된다고 생각하기 때문이다. 그러면 안 된다고 생각하는데 클라이언트가 그런 행동을 보이니까 화가 나는 것이다.

이랬다저랬다 할 수 있고 그래도 되고 그게 당연하다고 생각하면 화가 날까?

화가 나지 않을 것이다. '그럴 수 있지' 혹은 '그런가 보다' 하고 대수롭지 않게 여기면서 넘어갈 수 있을 것이다.

하지 말라는 행동을 하는 사람을 볼 때 화가 나는 것과 같은 이치다. 하지 말라는 것을 굳이 하려는 사람을 떠올려 보라. 내가 하지 말아야 한다고 생각하는 것을 그가 하기 때문에 화가 나는 것이 아닌가.

그런 사람을 보고 화내지 않으려면 어떻게 해야 할까? 그 사람을 바꾸면 될까?

그럴 수 있다면 좋겠지만 그런 사람을 내 의지로 바꾸기란 불가능하다. 설령 가능하더라도 그런 모든 사람을 바꿀 수는 없는 노릇이다.

방법이 없는 것은 아니다. 상대가 아닌 내 마음을 바꾸면 된다. 어떻게? 하지 말아야 한다는 생각, 하지 말았으면 하는 마음을 내려놓으면 된다.

애초에 하지 말아야 한다, 하지 말았으면 좋겠다는 생각이나 마음을 갖지 않는다면 그것을 상대에게 강요할 일도 없을뿐더러 상대의 행동에 이리저리 휘둘리지도 않게 된다.

더 확실한 방법도 있다. 적극적으로 상대에게 하고 싶은 대로 하라고 하는 것이다. 하지 말라고 해도 어차피 할 거라면 오히려 기분 좋게 하게 하는 편이 낫지 않겠는가. 상대도 하고 싶어 하고 나도 그랬으면 하는 마음을 낸다면 화날 이유는 일찍이 사라지고 만다.

그렇다. '하지 말아야 한다'라는 생각 혹은 '하지 말았으면 좋겠다'라는 마음을 갖지 않거나 '원하는 대로 해 보라'는 쪽으로 생각이나 마음을 바꾸면 상대의 행동에 대한 나의 반응도 달라진다. 화의 원인이 사라지기 때문에 상대를 바꾸지 못해도 바꾸지 않아도 화가 나지 않게 되는 것이다.

이해되는가? 화가 나는 이유는 이랬다저랬다 하는 클라이언트 때문이 아니다. 이랬다저랬다 하면 안 된다는 나의 생각, 하기로 했으면 그것을 바꾸지 않고 했으면 좋겠다는 나의 마음 때문에 화가 나는 것이다.

사람 마음이란 게 원래 이랬다저랬다, 변화무쌍한 것이다. 변하는 것이 마음의 속성이다. 열 길 물속은 알아도 한 길 사람 속은 모른다는 말도 있지 않은가.

변하는 게 마음의 속성인데 변하면 안 된다고 생각하니 마음이 변하는 사람을 보면 어떻게 그럴 수 있나 싶은 것이다. 그런 사람의 행동을 이해할 수 없고 그 모습에 화가 나는 것이다.

당신의 마음은 어떠한가. 마음이 늘 한결같던가. 초심을 잃은 적이 있지 않은가. 결심이 사흘을 넘기지 못한 적이 있지 않은가. 연인과 영원한 사랑을 약속했지만 서로 마음이 변해서 이별한 경험이 있지 않은가.

사람 마음이 그렇다. 그 순간에는 진심이지만 상황에 따라 언제든 변할 수 있고 얼마든 달라질 수 있는 게 바로 사람 마음이다. 마음이 변하지 않기를 바라거나 변하지 않게 할 방법을 찾는 것은 애초에 불가능한 일을 바라고 찾는 것이나 다름없다.

마음이 변하는 게 잘못도 아니다. 원래 변하는 것이니 변하는 마음을 문제 삼을 필요도 없다. 변하는 속성을 지닌 마음이 문제가 아니라 변하는 마음을 문제 삼는 것이 바로 문제다.

마음의 속성을 이해하고 받아들이면 클라이언트가 이랬다 저랬다 해도 화가 나지 않는다. 아니, 화가 날 수 없다. 화가 난다면 머리로는 이해했어도 가슴으로는 받아들이지 못했기 때문이다. 가슴으로 받아들이면 클라이언트가 이랬다

저랬다 할 때 '마음이 변했구나' '마음이 달라졌구나' 하고 알뿐 화가 나지 않는다. '정상적인 일이 일어났구나' 하고 감정에 휘둘리지 않고 어떻게 해야 할지 방법을 찾는 데 집중할 수 있게 된다. 마음이 변한 이유를 헤아리고 그에 따라 대응할 수 있게 된다.

우리가 만나는 클라이언트는 프로그래밍에 따라 일관되게 작동하는 기계가 아니다. 순간의 진심이 한결같지 않을 수도 있고 상황에 따라 마음이 변할 수도 있는 나와 같은 마음을 지닌 사람이다.

기억하자. 클라이언트 때문이 아니다. 원래 변하는 것을 변하지 않아야 한다고 생각하기 때문에 화가 나는 것이다.

클라이언트가 이랬다저랬다 해서 화가 난다면 마음의 속성을 떠올려 보라. 화가 아닌 다른 반응을 선택할 수 있으리라.

치료가 어렵게 느껴지는 이유

치료가 어렵게 느껴지는가? 그렇다면 치료에 정답이 있다고 생각하기 때문은 아닌지 자문해 보라.

다음 문제를 풀어보자.

1+1=
2-1=
3×3=
4÷2=

어려운가, 쉬운가?

쉽다. 왜일까?

정답을 아니까.

이건 어떤가?

타원 곡선을 유리수로 정의하는 방정식이 유한개의 유리수 해를 가지는지, 무한개를 가지는지 알 수 있는 간단한 방법을 구하라.

어떤 대상체도 모두 기하학 조각의 조합이라는 사실을 증명하라.

알고 보면 쉬운 문제가 답을 알기 전에도 쉬운 문제인지 증명하라.

비행기 날개 위로 흐르는 공기 같은 기체 흐름과 배 옆으로 흐르는 물 같은 유체의 흐름을 기술하는 편미분 방정식의 해를 구하라.

어려운가, 쉬운가?

어렵다. 왜일까?

정답을 모르니까.

모르면 어렵다. 특히 정답이 있다고 생각하는데 그것이 무엇인지 모를 때는 더더욱 어렵게 느껴진다.

치료도 마찬가지다. 정답이 있고 그것이 무엇인지 안다면 어려울 것이 없다. 정답을 공부하고 익혀서 그것에 맞춰 치료하면 그만일 테니 말이다.

반면 정답이 있는데 그것이 무엇인지 모르거나 애초에 정답이 없는데 있다고 믿고 정답을 찾으려 하면 치료는 어려워질 수밖에 없다.

그뿐인가. 재미도 없다. 재미가 없으니 흥미나 의욕도 생기지 않는다. 설령 흥미나 의욕이 생기더라도 곧 잃게 된다. 창의력을 발휘하는 건 기대조차 할 수 없다. 아니, 기대해서는 안 된다.

학창 시절을 떠올려 보라.

정답을 골라내서 높은 점수를 얻는 게 가장 중요했던 그 시기의 공부가 재미있던가. 공부에 흥미나 의욕이 생기던가.

창의력이 솟아나던가.

정답을 찾기 위한 공부가 그렇듯이 치료의 정답을 찾기 위한 과정이 재미있을 리 없다. 흥미나 의욕이 생길 리도 지속될 리도 없다.

창의적인 사고나 시도 역시 정답을 찾아야 한다는 프레임에 갇히는 순간 사라지고 만다. 이미 답이 정해져 있다면 새로운 발상이 어떻게 존재하겠는가. 새로운 발상을 한들 무슨 의미가 있겠는가.

안심해도 좋다. 다행히 작업치료에는 정답이 없으니까. 정해진 답이 따로 있는 것도 아니다.

치료에 정답이 있거나 정해진 답이 있다면 치료를 어려워하는 치료사가 없어야 한다. 정답이나 정해진 답을 배우고 익혀서 그대로 치료하면 될 테니까. 구구단처럼 말이다.

치료를 가르치고 배우는 일도 쉬워질 것이다. 정해진 내용을 알려주고 그대로 따르게 하면 될 것이기 때문이다.

누가 어디서 누구와 치료하든지 차이가 없을 것이다. 치료 방법과 환경이 대상에 관계없이 획일화되고 정형화될 것이기 때문이다.

치료가 어렵다고 느끼는 치료사가 있고 그런 치료사가 적지 않다는 것은 치료에 정답이나 정해진 답이 없다는 방증인 셈이다.

치료를 가르치고 배우는 일이 쉽지 않으며 치료가 획일화되거나 정형화될 수 없다는 점도 치료에 정답이나 정해진 답이 없다는 사실을 뒷받침한다.

정답을 좇아서는 작업치료를 작업치료답게 할 수 없다. 작업치료는 정답이 아닌 해답을 찾아가는 과정이기 때문이다. 옳은 답이나 정해진 답을 구하는 과정이 아니라 클라이언트와 함께 맞닥친 작업에 관한 문제나 현안의 해결 방안을 모색하고 실천하는 과정인 것이다.

정답이나 정해진 답이 없으므로 무엇이든 답이 될 가능성이 있다. 작업에 관한 문제나 현안을 해결할 수 있는 모든 것이 답이 될 수 있는 것이다.

창의력은 필수다. 해법을 얻는 데는 관련성이 없어 보이는 서로 다른 정보, 지식, 경험을 취합하고 연결하고 통섭하여 새로운 것으로 탄생시키는 과정이 필연적으로 뒤따르기 때문이다.

창의력을 마음껏 발휘해도 좋다. 그 과정에서 재미를 찾게 될 것이다. 흥미와 의욕이 생기며 자유로운 사고와 시도가 주는 선물을 누리게 될 것이다.

클라이언트와 함께 만들어내는 것이 곧 그때의 해답일 것이니 이미 해답은 클라이언트와 당신 안에 있는 것이나 다름없다. 그것이 무엇인지 클라이언트와 함께 찾아보면 된다.

치료를 어렵게 생각하거나 치료가 틀렸을까 봐 걱정하거나 불안해할 필요도 없다. 다만 클라이언트와 찾은 해답이 효과가 있는지 실행을 통해 확인하고 아니라면 다른 해답을 찾아보면 될 뿐이다.

맞고 틀린 것도 정해진 것도 없다. 해답이다 싶은 것은 해 보고 아니다 싶으면 다른 것을 연구해서 시도하면 된다. 무엇이든 답이 될 수 있으니 자유롭게 실험해 보면서 최선의 해답을 만들어가는 과정으로 여기면서 말이다.

정답이 없는데 정답이 있다고 생각할 때

그 정답이 무엇인지 모를 때

정해진 답이 없는데 정해진 답이 있다고 생각할 때

그 정해진 답이 무엇인지 모를 때

그때 치료는 누구에게나 어려운 것이 된다.

치료에 정답이나 정해진 답은 없다. 그때그때 필요한 해답만이 있을 뿐이다. 필요한 해답은 이미 클라이언트와 당신 안에 있다. 이 사실을 깨닫고 자유롭게 사고하고 창의적인 시도를 해 보면 좋겠다.

해 보면 안다. 그렇게 하는 치료가 얼마나 재미있고 흥미로운 일인지. 당신도 알게 되길 바란다.

치료에 미숙해서
클라이언트의 눈치가 보인다면

치료에 미숙해서 자기도 모르게 클라이언트의 눈치를 보게 되는가? 같은 이유로 클라이언트의 비위를 맞추게 되고 그 때문에 치료 때마다 자괴감을 느끼게 되는가?

이럴 때 다른 사람에게 물어서 해결하려는 이들이 있다. 안타깝지만 다른 사람에게 묻는 것은 근본적인 해결책이 될 수 없다. 그들은 당신이 아니기 때문이다. 그들이 말하는 방법도 사실 그들이기에 통한 방법일 뿐이다.

오해하지 말라. 물어보는 게 잘못이라는 말이 아니다. 때에 따라 참고는 될 수 있어도 그것이 근본적인 해결책은 아니라는 이야기다. 근본적인 해결책은 남이 줄 수 있는 게 아니기 때문이다.

결국 스스로 해결해야 한다. 가장 먼저 필요한 것은 무엇일까? 보통 경험이나 지식 또는 시간이라 대답한다.

내 생각은 다르다. 나는 가장 먼저 용기가 필요하다고 생각한다. 용기가 없으면 필요한 경험이나 지식을 쌓기 위한 첫발을 내딛지 못할 뿐 아니라 경험이나 지식을 쌓는 데 필요한 시간도 감내하지 못할 것이기 때문이다.

무서워하지 않는 것을 용기라고 착각하지 말라. 그건 무감각이나 무모함이라 해야 할 것이다.

용기란 두려움을 직시하고 극복하려는 정서다. 두려움에 등을 돌리고 항복하고 타협하는 것이 아니라 두려움을 향해 몸을 돌리고 변화시킬 수 있는 것을 변화시키기 위해 분투하며 앞으로 나아가는 것이다. '두렵지만 해 보겠다'라는 의지의 실천이다.

용기를 내지 않으면 클라이언트의 노예가 될 수밖에 없다. 클라이언트의 눈치를 살피고 비위를 맞춰야 한다. 무력한 상태로 시간을 견디는 것 외의 다른 선택은 할 수 없게 된다.

실력이 부족해서 위축되거나 비굴해지는 것이 아니다. 지금 실력을 겸허히 인정하고 필연적으로 거쳐야 하는 단련의 시간을 달게 받아들일 용기를 내지 못하기 때문에 위축되고 때로는 비굴해지는 것이다.

지금 실력이 부족하다고 위축되거나 비굴할 이유가 없다. 탁월한 실력을 갖춰야 치료사가 될 수 있는 것이 아니라 치료사가 되어야 탁월한 실력도 갖출 수 있는 것이기 때문이다. 치료사가 되었다면 이미 준비가 된 것이다.

실력의 문제가 아니다. 용기의 문제다. 실력은 쌓으면 된다. 문제는 실력을 쌓는 데 필요한 용기를 낼 수 있는지 여부다.

두려움을 직시하라. 두려움을 향해 몸을 돌리고 뚫고 나아가라. 그 과정에서 몰랐던 것을 배우고 알아야 할 것을 익혀라. 시간을 자신의 편으로 삼아 차근차근 필요한 경험과 지식을 쌓아라. 더 나은 치료사가 된 자신과 마주하게 될 것이다. 용기를 내라.

당신은 소중한 존재다. 모두에게 존중받아 마땅한 존재다. 설령 치료사로서 아직 치료에 미숙하다고 해도 그것이 당신을 존중하지 않아도 될 이유는 될 수 없다.

그것은 앞으로 개선하면 될 문제일 뿐이지 그 문제가 당신은 아니기 때문이다. 치료에 미숙하다는 이유로 클라이언트가 당신을 존중하지 않더라도 이 사실을 잊지 말라. 언제나 자신을 존중하라.

무리한 요구를 하는 클라이언트에게

　내가 아는 작업치료사들은 클라이언트가 원하는 것을 어떻게든 해주고 싶어 한다. 클라이언트가 원하는 대로 해주는 게 제대로 된 작업치료라고 믿는 작업치료사들도 있다.

　그런 투철한 사명감이 대단하게 느껴질 때도 있지만 그 때문에 힘들어하고 괴로워하는 작업치료사들을 볼 때면 안타까운 마음이 든다. 항상 클라이언트가 원하는 대로 다 해줄 수 있는 건 아니기 때문이다.

　클라이언트가 무리한 요구를 한다면, 다시 말해 클라이언트가 원하는 것이 상황이나 여건에 맞지 않거나 클라이언트 능력이나 치료사 능력 밖의 것이라면 클라이언트가 아무리 원한다고 해도 치료사가 아무리 클라이언트가 원하는 대로 해주고 싶어도 그럴 수 없을 때가 있기 마련이다.

그때는 클라이언트가 무엇을 원하는지 알면 될 뿐이지 해줄 수 없는 일로 자책하거나 힘들어할 필요가 없다. 할 수 있는 부분에 대해서는 최선을 다하고 할 수 없는 부분에 대해서는 할 수 없다고 말해야 한다.

예컨대 해주고 싶지만 능력이 부족하다면 "죄송합니다. 제 능력 밖의 일입니다."라고 말하고, 상황이나 여건이 되지 않아서 할 수 없다면 "죄송합니다. 그렇게 해 드리고 싶은데 상황이나 여건이 되지 않습니다."라고 말하면 된다.

클라이언트가 현재 자기 능력 밖의 일을 요구하는 경우에는 "솔직히 말씀드리자면 지금 상태로는 어렵습니다."라고 딱 잘라 말하기보다는 클라이언트에게 현재 능력 범위 내에서 무엇을 할 수 있을지 알려주고 그것에 관한 이야기를 나눠보는 것이 낫다.

그랬을 때 클라이언트가 실망하거나 치료사를 비난할 수도 있다. 그때는 감정적으로 동요하기보다는 잠시 숨을 고르고 클라이언트의 입장에서 생각해 보자.

치료사에게서 자신이 원하는 답변을 듣지 못한 클라이언트의 입장에서는 자기가 원하는 것이 이루어지지 않았으니 실망하고 기분 나쁠 수 있지 않겠는가. 그 때문에 치료사를 비난하게 될 수도 있지 않겠는가.

클라이언트의 입장에서 공감하고 이해하면 될 일이지 죄책감을 느끼거나 자신을 탓하며 괴로워할 일이 아니다. 클라이언트의 요구를 들어주기 싫어서 들어주지 않는 게 아니지 않은가. 들어줄 수 있는 요구라면 클라이언트가 괜찮다고 해도 기꺼이 들어주었을 당신이 아닌가 말이다.

클라이언트가 실망하고 비난하는 게 무섭거나 싫어서 무리한 요구인데도 일단 해주겠다고 말해버리면 잠시 상황은 모면할 수 있을지 몰라도 나중에 더 큰 화를 당할 수 있다. 치료사뿐만 아니라 클라이언트에게도 좋을 게 없는 일이다.

한껏 높아진 클라이언트의 기대에 결국 부응할 수 없게 될 테니 클라이언트에게 좌절과 실망을 안겨주게 될 게 뻔하다. 치료사 또한 이미 안 될 거라는 걸 알면서도 치료를 해야 하니 치료하는 내내 결과에 대한 불안과 두려움에 떨게 된다. 당시 실현 가능한 다른 일에 집중했다면 얻을 수 있었을 성과마저도 놓치게 된다. 클라이언트의 무리한 요구에 솔직해야 하는 이유다.

아무리 유능한 작업치료사라도 클라이언트가 원하는 것을 다 해줄 수는 없다. 반드시 다 해줘야만 한다는 법도 없다. 해줄 수 있는 것을 해줄 수 있는 만큼 해주면 된다.

거절해야 할 때는 솔직하고 지혜롭게 거절하라. 거절에 따른 클라이언트의 비난에는 평정심을 유지하고 실현 가능한 대안을 제시하라.

거절하는 것도 연습이 필요하다. 거절해야 하는 걸 안다고 해서 저절로 할 수 있는 게 아니다. 거절이 필요한 상황이 왔을 때 직접 해 봐야 한다.

어떻게 거절하면 좋을지 연구하고 공부하고 연습하라. 솔직하고 지혜롭게 거절하는 방법을 찾아라. 가장 잘할 수 있는 방법을 찾아라. 직접 해 봐야 자기 것을 찾을 수 있다.

동감입니다

J는 친구들과 술을 마시고 가게를 나서던 중 계단에서 굴러 떨어졌다. 그때 뇌출혈이 발생했고 그 후 왼쪽 팔과 다리가 마비되었다.

재활에 힘쓴 덕분에 입원한 지 3개월이 되자 혼자 힘으로 병원 생활을 할 수 있게 되었다. 여전히 걷고 팔을 쓰는 데는 제약과 어려움이 있었지만 J는 포기하지 않고 더 잘 걷고 더 팔을 잘 쓰기 위해 노력했다.

40대인 J는 스무 살이 되던 해에 부모님 집에서 나와 혼자 살기 시작했다. 부모님은 J에게 퇴원하면 다시 함께 살자고 수차례 제안했지만 J는 번번이 제안을 거절했다. 다치기 전 상태로 돌아갈 수 없더라도 자기 힘으로 인생을 살아

보고 싶어 했다. 기를 쓰고 재활하는 이유였다.

J가 병동에서 혼자 생활하는 데 능숙해졌을 무렵 나는 J에게 주말에는 집에 가서 지내볼 것을 권했다. 병원과 집의 환경이 다르고 생활하는 데서도 차이가 생기기 마련이니 퇴원해서 집으로 돌아가기 전까지는 주말마다 집에 가서 혼자 생활해 보는 연습이 필요하다고 조언했다.

J는 흔쾌히 조언을 받아들였다. 주말이면 외박을 나가 집에서 지냈다. 월요일 치료 시간에는 주말 동안 집에서 지내면서 어땠는지, 무엇을 해 보았는지, 수월했던 것과 어려웠던 것이 무엇이었는지, 퇴원해서 집으로 돌아가기 위해 어떤 준비가 더 필요한지 등에 관해 J와 이야기를 나눴다. 특히 J는 자신이 무엇을 시도해 봤으며 그것이 어땠는지 이야기하는 것을 좋아했다. J의 이야기를 들을 때면 마치 무용담을 듣는 것 같은 착각이 들 정도였다.

J는 예정보다 한 달 앞당겨 퇴원을 결정했다. 집에 돌아가 생활하면서 자기 나름대로 재활을 계속해 보겠다는 당찬 포부를 밝히며 이런 말을 덧붙였다.

"환자들을 보면 병원 생활에 젖어 계시는 분들이 되게 많아요. 병원 생활에 젖어서 그냥 하루하루를 보내는 거죠. 그런 분들을 보면 안타까워요. 계속 병원에 있을 게 아니잖아요. 집으로 돌아갈 계획을 세우고 준비해서 최대한 빨리 퇴원해서 집에 가려고 해야 하는데 그러지 않는 거죠.

사실 병원에 계속 있을 수도 없잖아요. 오래된 환자를 받아줄 병원이 얼마나 있겠어요. 근데 다들 병원에만 의존하니 안타깝죠. 병원에만 있다가 막상 퇴원해서 집에 가면 앞이 깜깜해질 거예요. 당장 병원 밖에만 나가도 걷는 게 얼마나 다르고 힘든데요. 사람하고 차는 막 지나다니지, 길은 울퉁불퉁하지 병원 안에서 걷는 거랑은 완전 딴판이에요.

선생님 말씀대로 주말에 집에 가서 있어 보니까 뭐가 부족한지, 뭐가 안 되는지, 뭐가 더 필요한지 알겠더라고요. 내가 뭘 더 연습해야겠구나, 어떻게 연습하면 좋을까 생각해 보게 되고요. 주말에 집에 가서 생활해 보는 게 여러모로 퇴원 이후의 삶을 준비하는 데 도움이 많이 되더라고요.

제가 해 보니까 다른 분들도 그렇게 해 보는 게 좋겠다는 생각이 들었어요. 병원에만 계시지 말고 주말에는 집에 가서 지내보시라고 정말 도움이 많이 된다고 저도 말하고 다니는데 억지로 되는 건 아니잖아요. 그래도 해 보면 좋겠다고 주변 환자들한테 계속 얘기하고 있어요.

엄마하고 누나들한테도 그런 얘기를 해줬어요. J의 어머니와 누나는 J가 집에서 혼자 생활하기는 무리일 거라고 생각하고 있었다. 조기 퇴원을 만류하기도 했다. 몸이 완전히 낫는 게 먼저고 그렇게 될 때까지는 입원 생활을 계속하길 바랐기 때문이다. 한동안 J가 주말에 집에 가서 혼자 지내는 것을 달가워하지 않던 이유이기도 하다. 그랬더니 지금은 좀 알아들으셨는지 그 뒤로는 주말에 집에 가 있든 조기 퇴원해서 혼자 살아보든 알아서 하라고 하시더라고요.

이번 주말에는 뒷산에 가보려고요. 다치기 전에는 자주 갔었거든요. 가서 어떨지도 좀 보고 이제 평지에서 걷는 건 마스터했으니까 난이도를 높여 보려고요. 자전거도 타볼 거예요. 아직 안 될 것 같기는 한데 일단 해 보려고요. 연습해서 자전거 타고 다시 한강에 갈 수 있으면 좋겠어요.

다치기 전에 했던 것들을 하나씩 해 보면서 지금 가능한지 아닌지 알아보고 할 수 있는 건 다시 하면서 살아야죠. 조깅도 자주 했는데 될지 모르겠네요. 살살 뛰는 건 될 것 같은데 전력 질주는 아직 어렵겠죠. 그래도 해 보려고요."

J 님의 생각, 동감입니다. 계속 응원하겠습니다.

골든타임의 속박

K의 아내는 K에게 새벽부터 일어나 열심히 운동하는 다른 환자와 비교하며 이렇게 말하곤 했다.

"남들은 저렇게 열심히 운동하니까 좋아지잖아요. 당신도 열심히 해야지요. 자꾸 쉬려고만 하시면 어떻게 해요. 빨리 나으셔야 할 거 아니에요. 그러려면 남들보다 많이 하지는 못해도 남들이 하는 만큼은 하셔야죠."

K는 자신을 몰아붙이는 아내가 못마땅했다. K가 쉬고 싶다고 할 때도, 어깨 통증 때문에 운동을 할 수 없다고 할 때도, 짜증이나 화가 난다고 할 때도 아내는 늘 같은 이야기를 하며 억지로 치료받고 운동하게 했다. 그 때문에 K와 아내는 자주 다퉜고 서로 극심한 스트레스에 시달렸다.

K의 아내는 K가 갑자기 뇌출혈로 쓰러지자 오랫동안 다닌 직장을 그만두고 병간호를 시작했다. 뇌출혈이 있기 전까지 K는 병원 문턱에도 가본 적이 없을 만큼 건강했다. 그랬던 사람이 하루아침에 누군가의 도움이 없이는 살아갈 수 없게 되었다는 사실에 K의 아내는 좌절했다.

K가 재활치료를 시작할 즈음 K의 아내는 자기와 같은 처지에 있는 주변 사람들에게서 골든타임에 관한 이야기를 듣게 되었다. 뇌가 손상되면 짧게는 3개월, 길게는 6개월이 지나면 치료나 운동을 해도 더는 좋아지지 않기 때문에 그 기간 안에 치료든 운동이든 최대한 많이 시켜야 한다는 내용이었다.

벌써 2개월이 지났으니 골든타임이 짧으면 1개월, 길어도 4개월밖에 남지 않았다는 생각에 K의 아내는 마음이 조급해졌다. 들은 대로라면 골든타임 이후에는 더 이상 나아질 수 없을 거라고 생각했기 때문이다.

K의 아내는 K를 몰아붙일 수밖에 없었다. 자기가 보기에 K보다 더 열심히 운동하고 치료에 전념하는 환자가 있으면 K도 그랬으면 하는 마음에 더 다그치게 되었다.

그런 사실을 모르는 K는 아내의 행동을 이해할 수 없었다. 발병 전 자신이 하던 일에서 나름의 성공을 거두었을 뿐 아니라 가정에서도 아내와 자녀의 존경을 받으며, 육십 평생을 자기 의지대로 살아왔던 K였기에 발병 후 달라진 아내의 행동을 더더욱 납득하기 어려워했다. 게다가 K는 자신이 할 수 있는 범위 내에서 운동과 치료에 최선을 다하고 있다고 생각했다.

사정을 알게 된 나는 불안해하고 조급해하는 K의 아내에게 다음 이야기를 해주었다.

"들으신 대로 골든타임이라고 해서 뇌를 다쳤을 때 뇌가 필요한 변화를 잘 받아들이는 시기가 있습니다. 하지만 그 시기가 지난다고 해서 뇌의 변화가 멈춰버리는 것은 아닙니다. 뇌는 경험과 학습을 통해 평생 변하기 때문입니다.

물론 뇌의 변화 속도나 정도는 개인마다 다를 수 있습니다. 가령 뇌의 어느 부위를 다쳤는지, 얼마나 다쳤는지, 몸 상태는 어떠한지, 연령은 어떻게 되는지, 어떤 경험과 학습을 어떻게 하고 있는지, 경험과 학습에 대한 동기나 의지는 어떠한지, 어떤 지원이 어떻게 이루어지고 있는지 등 개인의 특성, 환경, 여건에 따라 개인차가 생길 수 있습니다.

주목해야 할 것은 개인마다 뇌의 변화 속도나 정도의 차이가 있을 수 있지만 뇌가 변한다는 사실에는 변함이 없다는 겁니다.

즉 뇌는 골든타임이라는 시기뿐만 아니라 평생 변하기 때문에 골든타임에 쫓겨 조급해하시거나 불안해하시지 않아도 된다는 말씀을 먼저 드리고 싶습니다.

다음으로 드리고 싶은 말씀은 골든타임을 놓치지 않고 잘 활용하려면 어떻게 해야 하는가에 대한 겁니다. 골든타임의 효과를 제대로 보기 위해서는 무엇보다 환자의 상태가 어떤지를 살펴서 환자에 맞춰 필요한 경험과 학습의 기회를 제공하는 것이 중요합니다. 치료와 운동도 마찬가지입니다.

골든타임이 의미가 있으려면 환자가 효과적으로 골든타임을 활용할 수 있도록 돕는 게 필요하다는 이야기입니다. 환자보다 골든타임을 중요하게 생각하면 시간에 쫓겨 마음이 급해지기 마련입니다. 그러면 환자의 상태를 살피지 못하게 되고 그날 예정된 치료나 운동을 우선에 두게 됩니다. 그 결과 환자의 상태를 고려하지 못한 채 치료나 운동을 강요하게 되는 일이 발생하곤 합니다.

문제는 그렇게 해서 하는 치료나 운동이 환자에게 스트레스가 될 때입니다. 뇌졸중 이후의 재활치료의 핵심은 뇌졸중으로 손상된 뇌세포가 하던 일을 다른 뇌세포가 대신할 수 있도록 교육하고 훈련하는 데 있습니다. 뇌가 스트레스를 받게 되면 그런 교육과 훈련이 제대로 이루어질 수 없을 뿐 아니라 뇌 회복에도 좋지 않은 영향을 미칩니다. 억지로 하게 하는 치료나 운동이 오히려 역효과만 불러일으킬 수 있는 겁니다.

이해를 돕기 위해 비유를 들어 설명해 보겠습니다.

면허를 따고 처음으로 차를 끌고 결혼식장에 간다고 상상해 보세요. 처음이니까 무척 긴장될 겁니다. 잔뜩 긴장한 채로 조심조심 운전하고 있는데 옆에 탄 사람이 이렇게 가다가는 결혼식 늦겠다며 보채기 시작합니다. 더 속도를 내라고 윽박지르고 야단이에요.

만약 보호자 분이 운전자라면 어떨 것 같으세요?

운전을 더 잘할 수 있을까요?

옆에서 안달한다고 해서 더 빨리 갈 수 있을까요?

아마 더 긴장하게 되어 운전하기가 어려울 겁니다. 자신도 모르게 몸에 힘이 들어가고 시야도 좁아지게 될 겁니다. 차선을 바꿔야 하는데 끼어들지 못하게 되고 급정거나 급발진을 하는 등 긴장하지 않으면 하지 않을 실수를 연발하게 될지도 모릅니다.

같이 탄 사람의 행동이 운전자에게 도움이 되었을까요?

시간에 맞춰 결혼식장에 도착할 수 있었을까요?

아마 운전에 도움이 되지도 시간에 맞춰 결혼식장에 도착하지도 못했을 겁니다. 왜 그렇게 되었을까요?

같이 탄 사람이 운전자가 아닌 도착 시간을 더 중요하게 여겼기 때문입니다. 그러다 보니 운전자의 상태에는 관심이 없고 오로지 빨리 가는 것만 생각하게 되었습니다. 빨리 가는 것만 생각한 나머지 본의 아니게 운전자를 압박하게 되었고 운전자는 스트레스를 받게 되었습니다.

뇌가 스트레스를 받게 되면 외부 자극을 받아들이고 처리하고 반응하는 데 오류가 발생합니다. 자연히 실수할 가능성도 커집니다. 이러한 경험은 뇌의 학습과 변화에 부정적으로 작용하고 뇌가 그와 비슷한 자극이나 경험을 회피하게 되는 원인이 됩니다.

만약 옆에 탄 사람이 운전자를 돕고 싶었다면 도착 시간이 아닌 운전자의 상태를 가장 중요하게 생각했어야 합니다. 그랬다면 긴장하는 운전자에게 재촉하는 대신 격려하고 칭찬하면서 긴장을 풀어주고 자신감을 불어넣어 주려 했을 겁니다. 운전자의 뇌가 운전에 관해 제 기능을 할 수 있도록 도움을 줄 수 있었겠지요. 옆에 사람을 태우고 안전하게 목적지까지 운전한 경험은 운전자에게 운전을 배우는 데 무척 유익했던 기억으로 남게 될 겁니다.

마찬가지로 환자가 골든타임을 효과적으로 활용할 수 있게 돕고 싶다면 환자가 어떠한지를 가장 먼저 염두에 두어야 합니다. 정해진 치료나 운동이 있더라도 환자에게 휴식이 필요하다면 우선 쉬게 해주어야 합니다. 통증 때문에 괴로워한다면 통증으로부터 보호해주어야 합니다. 짜증이나 화가 났다면 감정을 살피고 진정시켜주어야 합니다. 그러고 나서 자발적으로 치료나 운동에 임하도록 도와야 합니다.

환자가 아닌 골든타임이 중심이 되면 환자가 어떠한지 살필 수 없게 됩니다. 환자의 말이나 호소가 귀에 들어오지 않게 됩니다. 시간에 쫓겨 마음이 조급해지고 치료나 운동을 하도록 만드는 일이 최우선이 됩니다. 그러다 보면 환자의 상태나 의사와는 무관하게 치료나 운동을 강제하게 됩니다. 그것을 당연시하게 됩니다.

그랬을 때 환자는 보호자가 자기는 안중에 없이 무조건 치료나 운동을 시킨다고 생각하게 됩니다. 자신의 상태나 의사에 관심이 없는 보호자를 향해 원망하는 마음이나 불만을 품게 됩니다. 보호자의 선의를 선의로 받아들이지 못하게 됩니다.

그러면서도 어쩔 수 없이 치료나 운동을 하게 되면 환자의 스트레스는 더욱더 커집니다. 그런 환자의 모습을 보면서 보호자도 스트레스를 받게 됩니다.

아내 분께서 K 님의 재활을 누구보다도 바라고 응원하신다는 것을 알고 있습니다. 그렇기 때문에 K 님이 치료와 운동에 매진하도록 애쓰신다는 것도 알고 있고요.

골든타임 때문에 조급해지지 않으셨으면 좋겠습니다. K 님의 상태에 맞춰 뇌의 회복과 적응에 필요한 경험과 학습의 기회가 지속해서 주어진다면 3개월, 6개월이 지나도 K

님은 계속 회복되고 더 좋아지실 수 있습니다.

K 님이 어떠신지가 가장 중요합니다. K 님이 그때그때 필요하다고 하는 것을 먼저 채워주고 해결해주시면서 치료와 운동을 해나가도록 도와주시면 좋겠습니다. 그러면 K 님이 노력하는 모든 순간이 골든타임이 될 겁니다. 3개월, 6개월이 지나더라도 말이죠."

골든타임에 쫓겨 보호자가 환자를 다그치고 몰아붙이는 경우를 심심찮게 접한다. 그럴 때 환자는 쉬고 싶어도 쉴 수 없고, 통증이 있어도 보호받지 못하며, 심정이나 처지를 이해받지 못한 채 치료나 운동을 강요받는다.

골든타임을 놓치지 않고 적절하게 활용하는 것은 중요하다. 그렇다 해도 골든타임이 환자보다 우선이 될 수는 없다. 우선이 되어서도 안 된다. 환자가 골든타임을 자신에게 도움이 되는 방향으로 활용하지 못한다면 골든타임이 무슨 소용 있겠는가. 환자가 그 시기를 제대로 활용할 때만이 골든타임도 골든타임으로서의 의미가 있고 그 효과를 기대할 수 있는 것이다.

골든타임이 연구를 통해 확인되고 규정된 특정 시기에만

국한되는 것은 아니라는 생각도 해 봤으면 좋겠다. 뇌의 학습과 변화에 도움이 되는 모든 순간 역시 골든타임이라 해야 마땅하지 않을까. 소위 골든타임이라고 부르는 시기가 아니더라도 환자 스스로 자신의 뇌를 변화시키고 뇌에 필요한 학습을 할 수 있다면, 그렇게 도울 수 있다면 환자의 골든타임은 끝나지 않고 계속될 것이기 때문이다.

골든타임 때문에 환자는 살피지 않고 치료나 운동만 강요하는 보호자가 있지는 않은가? 그런 이유로 환자와 보호자가 서로 스트레스를 주고받으며 갈등하고 있지는 않은가?

만약 있다면 골든타임의 속박에서 벗어나도록 도와라. 골든타임을 골든타임답게 활용할 수 있도록, 나아가 골든타임이 계속될 수 있도록 그들을 도와라. 지금 당장 시작하라.

작업치료사의 권태기

매일 치료하다 보면 어느덧 하던 치료에 익숙해지기 마련이다. 그렇게 되면 안정감과 편안함을 느끼게 되는 한편 권태라는 불청객을 피할 수 없게 된다.

내 경험에 따르면 권태는 작업치료를 한 지 3년 차, 6년 차, 9년 차, 11년 차 때 각각 다른 모습으로 찾아왔다.

처음에는 그 시기가 나에게만 해당되는 것이라 생각했다. 그러나 강의를 비롯한 여러 기회를 통해 만났던 다른 작업치료사들에게서도 그와 비슷한 시기에 권태기를 겪었다는 말을 자주 듣게 되면서 그 시기가 나에게만 국한된 것이 아닐지도 모른다는 생각이 들었다.

작업치료를 열심히 하지 않아서 권태기를 겪게 되는 것이 아니냐고 묻는 사람이 있을지도 모르겠다. 그럴 수도 있겠지만 나에게는 해당되지 않는 이야기이다.

나는 깨어 있는 대부분의 시간을 작업치료에 쏟고 있다. 병원에서 치료할 때뿐 아니라 집에서 식사할 때도, 설거지할 때도, 책을 읽을 때도, TV를 볼 때도, 영화를 볼 때도, 심지어 운전할 때도, 길을 걸을 때도, 사람들과 만날 때도 나는 늘 작업치료를 생각하고 지금보다 더 나은 작업치료를 하기 위해 고민하고 연구한다. 그것도 무척 열심히. 물론 내 기준에서다. 다른 사람이 어떻게 보는지는 모르겠다.

내게 자기가 겪은 권태기에 대해 말해 준 작업치료사들도 마찬가지였다. 작업치료에 열정을 가지고 자신의 시간과 에너지를 작업치료에 아낌없이 쏟아붓는, 누가 봐도 열심히 노력하는 작업치료사들이었다. 따라서 그들에게도 해당되지 않는 이야기이다.

내가 깨달은 바로는 권태기는 실력이 일정 수준에 오르거나 매일 해야 하는 치료에 능숙해지면서 치료가 더 이상 도전이 되지 못할 때, 치료에서 더는 느끼고 생각하고 배우는 것이 없을 때 찾아온다. 열심히 하고 안 하고의 문제가 아니라 치료가 도전이 되는지, 치료에서 느끼고 생각하고 배울 수 있는지의 문제인 것이다.

시간과 에너지를 작업치료에 쏟아부으며 치료에 최선을 다하고 열심히 공부하지만, 그것이 규격화된 익숙한 자극에 지나지 않는다면 권태로울 수밖에 없다.

권태는 정체를 낳는다. 정체에는 퇴보가 따른다. 퇴보는 발전과 성장을 가로막고 더 깊은 권태 속으로 빠져들게 한다. 권태의 악순환이 시작되는 것이다.

열심히 치료하고 공부하는데도 권태로움을 느낀다면 지금 하고 있는 치료나 공부의 수준을 점검해 봐야 한다.

만약 그 수준이 실력을 온통 쏟아부어야 할 정도가 아니라면, 다시 말해 도전이 되지 못한다면 치료나 공부의 수준을 높여야 한다. 실력에 비해 지금 하는 치료나 공부의 수준이 낮을 때 권태로워지기 때문이다.

치료든 공부든 쉽지는 않지만 아주 버겁지도 않은, 자신의 모든 실력을 발휘해야 하는 정도의 수준으로 끌어올리려는 노력이 필요하다. 그 수준은 남이 알려줄 수 없다. 스스로 시행착오를 거치며 찾아야 한다.

수준을 너무 높게 잡으면 괴로워하다가 포기하기 쉽고 너무 낮게 잡으면 권태로워지기 때문에 이렇게도 해 보고 저렇게도 해 보면서 자신에게 맞는 수준을 알아가는 수밖에 없다. 마치 최상의 화음을 낼 수 있게 악기를 조율하듯이 자신의 실력을 최대로 발휘할 수 있도록 치료나 공부의 수준을 조율할 수 있어야 한다. 그러기 위해서는 많은 시도와 훈련이 필요하다.

가장 중요한 것은 일단 적정 수준이 어떤 것인지 경험해 보는 것이다. 성공해본 사람만이 성공하는 방법을 안다는 말처럼 적정 수준을 경험해 본 사람만이 자신에게 도전이 되는 수준을 스스로 찾을 수 있게 된다. 첫 경험을 하게 될 때까지 계속해서 시도해 봐야 한다.

이미 수준이 적당하다면 치료나 공부를 하면서 느끼고 생각하고 배우고 있는지 살펴보라. 열심히 치료하고 공부하는 것을 습관처럼 반복하고 있지는 않은지, 그것에 너무 익숙하고 능숙해져서 더는 얻을 게 없는 상태가 된 것은 아닌지 점검해 보라.

만약 습관적이고 기계적으로 열심히만 하고 있다면 또는 그 자체로 만족하고 있다면 이제는 열심히 하는 데 그치지 말고 실질적인 변화를 체감할 수 있는 뭔가를 얻는 데에 주력해야 할 때다.

자기 자신에게 물어보라. 오늘 치료나 공부를 하면서 무엇을 느꼈는지, 어떤 생각을 해 봤는지, 새롭게 알게 되거나 배운 것이 무엇인지, 그것이 어떤 유익을 주는지, 나의 성장과 발전 그리고 치료에 어떤 변화를 가져올지 말이다.

어떤 것도 그냥 흘려보내지 마라. 의미를 곱씹고 도움이 될 무엇인가를 찾아라. 지금 하는 치료나 공부에 깨어있어라. 끊임없이 성찰하고 늘 새로워지기 위해 힘쓰라. 오늘을 경험하기 전의 나와 오늘을 경험한 후의 내가 달라야 한다.

지금 가고 있는 길의 어디쯤에 웅덩이가 있는지 미리 안다면, 그 웅덩이가 얼마나 깊고 넓은지 미리 안다면 피하거나 건널 방법을 예비할 수 있을 것이다. 설령 웅덩이에 빠졌더라도 그 사실을 빨리 깨달을수록 더 신속하게 빠져나올 수 있을 것이다.

만약 어떤 웅덩이가 있는지, 어디쯤에서 나타날지 아예

모르거나 웅덩이에 빠졌는데도 그 사실을 깨닫지 못한다면 피하거나 건널 방법을 예비할 수도 웅덩이에서 빠져나올 수도 없을 것이다.

나와 다른 치료사들의 경험을 빌려 권태기가 언제쯤 찾아오고 왜 찾아오는지를 말한 이유다. 시기와 원인을 가늠해볼 수 있다면 권태기를 대비하거나 극복하기가 한결 수월해지지 않을까 싶다. 그렇게 되길 바란다.

치료나 공부에 무감각해지거나 타성에 젖는 순간이면 권태기가 여지없이 당신을 찾아갈 거라는 사실도 염두에 두었으면 좋겠다. 꼭 3년 차, 6년 차, 9년 차, 11년 차가 아니더라도 말이다.

나와 다른 작업치료사들의 경험을 바탕으로 권태기를 겪게 되는 시기를 말했지만 그때만 권태기가 찾아오는 것도 그때 반드시 권태기를 겪게 되는 것도 아니다. 지금 하고 있는 치료나 공부에 깨어있지 못하면 권태기는 어느 때고 당신을 손아귀에 넣고 쥐고 흔들려고 할 것이다.

늘 깨어서 정진하라.

치료에 이래라저래라
참견하는 이들 대처법

원하지도 않는데 가르쳐 준다며 혹은 조언이라며 당신의 치료에 대해 이래라저래라 하는 이들이 있는가?

오지랖이 넓은 정도가 지나쳐서 치료하는 데 그들의 눈치를 보게 되고 감시당하는 느낌이 들어 신경이 쓰이고 스트레스를 받는가?

그들의 인정을 받아야만 할 것 같다는 생각에 괴로운가?

치료하는 게 답답하고 재미없고 하기 싫은 일을 억지로 하고 있다는 생각이 드는가?

"No, thank you."라고 정중히 거절하고 싶지만 그럴 수 없는 상황에 처해 있는가?

당신의 인생을 다른 사람이 책임져 줄 수 없듯이 아무도 당신의 치료를 책임져 줄 수 없다. 당신의 인생은 오직 당신만이 책임질 수 있는 것이고 당신의 치료 역시 당신만이 책임질 수 있는 것이다. 인생이든 치료든 책임지는 사람의 것이고 책임지는 사람이 주인이다.

당신의 인생을 사는 데 다른 사람의 허락이나 인정이 필요 없듯이 당신이 하는 치료에서도 다른 사람의 허락이나 인정은 필요치 않다. 다른 사람의 눈치를 볼 필요도 없고 다른 누군가의 인정을 바랄 필요도 없다. 다만 당신이 최선을 다해 인생을 살고 책임지고 있는 것처럼 최선을 다해 치료하고 그 치료에 책임질 수 있으면 된다.

지금 당신의 치료에 대해 이래라저래라 하는 이들을 떠올려 보라. 그들이 당신의 클라이언트에 대해 당신보다 더 잘 안다고 생각하는가? 당신의 클라이언트가 당신보다 그들을 더 잘 알고 신뢰한다고 생각하는가?

백번 양보해서 그렇다고 한들 그들이 당신을 대신해서 당신의 클라이언트를 치료할 것인가? 당신을 대신해서 치료를 책임져줄 것인가? 그게 가능할까?

당신의 치료에 대해서 얼마나 알고 있을까? 당신이라는 사람에 대해서는 얼마나 안다고 생각하는가? 당신이 그동안 해왔던 노력, 당신이 쌓아온 경험과 지식, 당신이 치료에 쏟는 열정과 정성을 그들은 얼마나 알고 있을까?

그들은 모른다. 설령 안다고 해도 당신이 알고 있는 것에 비하면 아무것도 아닐 것이다. 당신을 흔들고 위축되게 만들고 혼란스럽게 하는 그들의 말과 행동에 신경 쓸 것 없다. 마음에 담아두지 마라.

가능하다면 무시하거나 피하라. 그런 사람들이 하는 말과 행동은 조언을 가장한 자기 과시이거나 우위를 점하려는 권위적인 참견에 불과하다. 분명 그들은 당신을 위해서 하는 말과 행동이라고 할 것이다. 그러나 당신이 그렇게 느끼지 못한다면 당신을 위한 것이 아니다.

무시하거나 피할 수 없다면 당신에게 이래라저래라 하는 이들 앞에서는 "알겠습니다." 하고 치료 때는 당신이 알아서 치료하면 된다. 그걸 보고 왜 알려주는 대로 하지 않느

냐고 물으면 "죄송합니다." 하고 치료 때는 당신이 알아서 치료하면 된다.

'알겠습니다'는 상대가 하는 말을 알아들었다는 뜻이지 그대로 하겠다는 뜻은 아니다. 그대로 할지 말지는 당신이 선택하면 된다. '죄송합니다'는 잘못해서 사과하는 것이 아니라 신경 써서 이것저것 말해주었는데 그대로 할 수 없어서 유감스럽다는 뜻이다.

당신의 치료에 대해 이래라저래라 하는 것, 즉 당신의 치료에 대해 자기 생각이나 감정, 의견을 표현하는 것이 그들의 자유이듯이 그것을 받아들일지 말지는 당신의 자유다. 그들은 그들이 하고 싶은 대로 하게 놔두고 당신은 당신이 하고 싶은 대로 하면 된다. 선택은 당신의 몫이다.

그들이 원하는 모습이 되기 위해 애쓰지 마라. 그들의 기준에 맞추기 위해 자신을 괴롭히지 마라. 그들의 눈치를 보거나 그들의 인정을 구할 필요도 없다.

당신의 치료를 해라. 스스로 인정하고 책임질 수 있는 치료를 하는 데 힘써라. 가슴을 펴고 당당하게!

늘 걱정이 앞서는 클라이언트를 위하여

늘 걱정이 앞서는 클라이언트가 있다. 그런 클라이언트는 대개 지금이 아닌 나중을 생각한다. 현재가 아닌 미래 즉 아직 벌어지지 않은, 지금으로써는 어떻게 될지 모르는 일을 걱정하느라 항상 마음이 분주하고 혼란스럽다.

물론 앞날이 걱정될 수 있다. 그러나 현재 해야 할 일들, 가령 일상생활이나 치료에 방해가 될 정도로 하는 걱정이라면 당연하게 여길 문제가 아니다.

그런 걱정은 지금 당장 해야 할 일을 하는 데 전혀 도움이 되지 않는다. 부정적인 생각에 몰두하게 만들고 재활과 자립의 의욕을 꺾는다. 스트레스를 가중시키고 자기 자신과의 관계뿐만 아니라 주변 사람들과의 관계마저도 힘들고 어렵게 만든다.

지금 장담할 수 없는 앞날, 아직 일어나지도 않은 미래를 걱정하는 것은 쓸데없는 일이다. 걱정한다고 해서 미래를 알 수 있거나 바꿀 수는 없기 때문이다. 걱정해봤자 아무 소용이 없다. 걱정은 걱정을 낳을 뿐이다.

대부분의 걱정은 지금 당장 해결할 수 없는 것과 관련되어 있다. 이미 흘러간 과거를 지금 어떻게 할 수 있는 것처럼 여기거나 아직 오지 않은 미래를 마치 지금 일어나는 일처럼 생각할 때 걱정하게 된다. 걱정은 감정이나 상상의 산물이며 시간을 넘나든다.

늘 걱정이 앞서는 클라이언트에게 필요한 건 쓸데없는 걱정에 쏟는 시간과 에너지를 현재 해야 할 일에 투입하는 것이다. 지금 당장 스스로 할 수 있고 해야 하는 일이 무엇인지 알고 그것을 매일 성실하고 꾸준하게 해나가는 일이다.

마비된 팔을 다시 쓰길 원한다면 팔을 쓸 수 있을지 없을지, 영영 못쓰게 되면 어떻게 할지를 걱정하고 있을 게 아니라 팔을 다시 쓰기 위해 지금 해야 하는 일이 무엇인지 알고 그것을 매일 성실하고 꾸준하게 해나가야 한다.

마찬가지로 다시 걷고 싶다면 다시 걷기 위해 지금 해야 하는 일이 무엇인지 알고 그것을 매일 성실하고 꾸준하게 해나가야 한다. 다시 혼자 힘으로 생활하고 싶다면 그러기 위해 지금 당장 해야 하는 일이 무엇인지 알고 그것을 매일 성실하고 꾸준하게 해나가야 한다. 걱정이 아닌 행동이 필요하다.

그러려면 인내심이 필요하다. 단순히 참고 견디는 것을 말하는 게 아니다. 모든 일이 좋은 방향으로 이루어지리라는 믿음과 해낼 수 있다는 자기 자신을 향한 신뢰를 가져야 한다는 뜻이다. 인내심이란 바로 그러한 믿음과 신뢰를 갖는 것을 말한다.

클라이언트가 인내심을 발휘할 수 있게 도와라. 만약 인내심이 없다면 가질 수 있게 돕고, 부족하다면 키울 수 있게 도와라. 인내심은 근육과 같다. 규칙적으로 사용하고 훈련하면 만들 수 있고 키울 수 있다. 계속 사용하고 훈련해야만 더 많이 생기고 강해진다.

모든 일이 정해진 순리대로 이루어질 것이라는 믿음을 가질 수 있게 도와라. 자기 자신에 대한 신뢰를 키우며 지금 해야 하는 일에 전념할 수 있도록 응원하고 격려하라.

"선생님, 제가 언제쯤 팔을 쓸 수 있게 될까요?"

팔을 쓰기 위해 지금 당장 무엇을 어떻게 해야 하는지 알려주어라.

"선생님, 제가 다시 걸을 수 있을까요?"

다시 걷기 위해 지금 당장 무엇을 어떻게 해야 하는지 알려주어라.

"선생님, 집에 돌아가면 혼자 힘으로 생활해야 하는데 그렇게 될까요?"

집에 돌아가서 혼자 힘으로 생활하기 위해 지금 당장 무엇을 어떻게 해야 하는지 알려주어라.

그 일을 인내심을 가지고 성실하고 꾸준히 해나갈 수 있게 도와라. 그 일을 마치면 다음 단계에서는 무엇을 어떻게 해야 하는지 알려주어라. 그런 다음 다시 그 일을 인내심을 발휘해서 성실하고 꾸준히 해나갈 수 있게 도와라.

걱정하지 말고, 실천하라!

치료를 잘하고 있는 걸까

"제가 치료를 잘하고 있는지 모르겠어요."

나는 대답한다.

"현재의 치료를 통해서 목표한 결과나 기대한 변화를 얻었는지 살펴보세요. 만약 그렇지 않다면 다른 시도가 필요한 때입니다.

그렇다고 지금까지 했던 치료가 잘못된 것이냐, 그건 아니에요. 지금까지 했던 치료를 통해서는 목표한 결과나 기대한 변화를 얻기 힘들다는 사실을 알면 될 뿐이지 치료를 잘했다 못했다, 이렇게 따질 필요가 없습니다.

'지금까지 해 왔던 것 이외의 다른 것이 필요하구나. 그것이 무엇일까?' 하고 자신에게 물어보면서 더 생각하고 공부하는 기회로 삼아 보세요. 목표와 변화를 이루기 위해 무엇이 필요한지 어떻게 해야 할지 클라이언트와 더 이야기해 보는 계기로 삼아 보세요.

그렇게 해서 찾은 해답을 가지고 치료해 보면서 실제로 목표한 결과를 얻을 수 있고 기대한 변화가 생기는지 실험해 보세요. 목표를 이룰 수 있고 변화가 생기면 그렇게 하면 되고, 그렇지 않으면 다시 생각하고 공부하고 클라이언트와 의논해서 다르게 치료해 보면 됩니다. 그러면서 어떻게 치료해야 클라이언트와 정한 목표를 이룰 수 있고 기대한 변화가 생기는지 알아 가면 되는 거예요.

다른 사람에게 물어봐야 소용없어요. 그 사람도 몰라요. 다만 자기 생각이나 느낌을 말해줄 뿐이에요. 자기 치료도 바쁜데 다른 사람 치료가 어떤지 어떻게 알겠어요.

치료를 잘해야 한다고 생각하면 괜히 긴장하게 돼요. 생각이 경직됩니다. 잘하고 못하고만 자꾸 따지게 돼요. 자신감이 없어지고 심하면 자신을 미워하고 학대하게 될 수도 있어요. 많은 가능성 중에 하나를 해 봤다고 생각하세요.

그것으로 원하는 결과를 얻지 못하고 기대한 변화가 생기지 않았다면 다른 것을 해 보면 되는 거예요.

잘해야 한다는 부담감을 내려놓으세요. 틀리면 안 된다는 생각도 내려놓으세요. 지금까지 한 거로 잘 안되었으면 다른 거로 다시 해 보면 되고, 모르는 게 있었으면 배워서 해 보면 되고, 잘못된 걸 발견했으면 고쳐서 해 보면 됩니다.

치료하다 보면 잘하지 못할 때도 있고, 틀릴 때도 있고, 부족할 때도 있어요. 그렇게 느낄 때마다 '잘하지 못했구나' '틀렸구나' '부족했구나' 하고 알면 돼요. 그뿐이에요. 그것을 확장해서 자기 자신을 부끄러워하거나 미워하거나 학대할 필요가 없어요. 잘하지 못했으면 제대로 다시 해 보면 되고, 틀렸으면 고쳐서 해 보면 되고, 부족했으면 더 채워서 해 보면 되는 거죠.

마음을 편하게 가지세요. 우선 내 마음이 편해야 다른 것을 생각해 볼 여유가 생기죠. 안 그런가요? '치료가 잘되어야 마음이 편하다'가 아니라 '마음이 편해야 치료가 잘된다' 이렇게 생각하고 편안한 마음으로 치료하시면 좋겠어요."

작업치료가 전부인 듯
살고 있는 당신에게

　나는 작업치료를 하면서 진정 살아있다는 생각과 함께 큰 기쁨과 희열을 느꼈다. 나의 존재를 스스로 확인하고 확신할 수 있었으며 나날이 더 나은 인간이 되어가고 있다고 생각했다.

　작업치료가 전부인 듯 살던 때에는 작업치료를 중심으로 살았다고 해도 과언이 아니다. 나의 일과는 온통 클라이언트와 작업치료를 하고, 작업치료에 대해 공부하고, 치료하고 공부하면서 얻고 깨달은 것을 바탕으로 강의를 하고, 작업치료에 관한 글을 쓰는 일 등으로 빼곡하게 채워져 있었다.

　작업치료에 관한 일에 지나치게 몰두한 탓에 그 외의 다른 것에는 무척 소홀했다. 잘 챙겨 먹지도, 잘 자지도, 잘 쉬지도 않았다. 작업치료사로서 세운 목표를 이루는 데만 정신이 팔려서 몸이 보내는 이상 신호에도 바로 반응하지 못했다. 가족과 함께하는 시간에 인색했고 당시 교제하던 친구에게도 최선을 다하지 못했다. 작업치료에 관한 일들이 잘되면 기쁘고 즐거웠지만 내 마음이나 계획대로 되지 않을 때면 나 자신을 책망하며 괴로워했다.

삶이 한쪽으로 치우쳐 있다는 생각이 들 즈음 코카콜라 최고경영자의 고백을 읽게 되었다. 내 삶을 점검하게 되었고 삶의 균형을 되찾기 위한 노력을 시작하게 되었다.

최근 그 고백을 다시 읽으면서 작업치료가 전부인 듯 살고 있는 이들과 나누고 싶다는 생각이 들었다. 작업치료에 지나치게 몰두한 나머지 균형을 잃고 살아가고 있지는 않은지 돌아보고 삶의 균형을 되찾게 되는 계기가 되길 바라며 원문에 해석을 달아서 옮겨 본다.

Life is
삶이란

Imagine life as a game in which you are juggling

five balls in the air.

삶을 다섯 개의 공을 공중에서 돌리는 게임 같은 것이라고 상상해 보라.

You name them : work, family, health, friends, and spirit, and you're keeping all of them in the air.

당신은 그 공들을 일(작업치료), 가족, 건강, 친구, 영혼이라고 부르며 공중에서 돌리고 있다.

You will soon understand that work is a rubber ball. If you drop it, it will bounce back.

당신은 곧 일(작업치료)이 고무공이라는 사실을 이해하게 될 것이다. 만약 당신이 놓치더라도 그것은 다시 튀어 오를 것이다.

But the other four balls - family, health, friends, and spirit are made of glass.

그러나 가족, 건강, 친구, 영혼이라는 다른 네 개의 공은 유리로 만들어진 것이다.

If you drop one of these, they will be irrevocably

scuffed, marked, nicked, damaged, or even shattered. They will never be the same.

만약 당신이 그 공들 중 하나를 떨어뜨린다면 그 공들은 돌이킬 수 없이 흠집이 나거나, 자국이 남거나, 긁히거나, 훼손되거나, 산산조각이 날 것이다. 그 공들은 절대 이전과 같을 수 없다.

You must understand that and strive for balance in your life.

당신은 그 사실을 이해해야 하고 삶의 균형을 유지하기 위해 분투해야 한다.

How?
어떻게?

Don't undermine your worth by comparing yourself with others. It is because we are different that each of us is special.

당신 자신을 다른 사람과 비교하면서 당신의 가치를 과소 평가하지 말라. 우리들 각자가 다르고 특별한 존재이니까.

Don't set your goals by what other people deem

important. Only you know what is best of you.

다른 사람들이 중요하게 여기는 것을 당신의 목표로 삼지 말라. 오직 당신에게 가장 좋은 것이 무엇인지 알라.

Don't take for granted the things closest to your heart. Cling to them as your life, for without them, life is meaningless.

당신 마음과 가장 가까운 것을 당연하게 여기지 말라. 당신 마음과 가장 가까운 것을 당신의 삶으로 여기고 고수하라, 그것이 없다면 삶도 의미가 없으므로.

지금 공중에서 돌리고 있는 공들에는 어떤 것이 있는가?

그중 땅에 떨어뜨려도 다시 튀어 오를 것과 원래대로 돌아갈 수 없는 것은 무엇인가?

당신 마음과 가장 가까운 것은 무엇인가?

그것을 당신의 삶으로 여기고 고수하고 있는가?